For all my favourite peopl
to hug.
KB

Squeezy Hug

Cheesy Hug

Muddy Hug

Buddy Hug

Small Hug

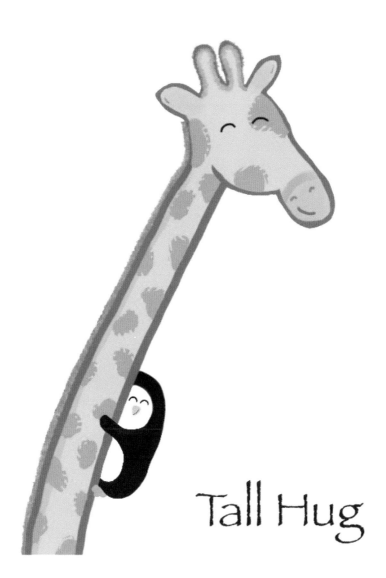

Tall Hug

Happy Birthday Hug

Have a good day Hug

Cat Hug

Splat Hug

Bear Hug

Share Hug

Feeling shy Hug

Ssh, don't cry Hug

Fan Hug

Gran Hug

Brother Hug

Cover Hug

Rainy day Hug

Going away Hug

Wetter Hug

All better Hug

Say goodnight Hug

Snuggle up tight Hug

For every
season Hug

For no reason Hug

A hug goes a very long way
It can make today, a very good day.

A hug can be **big** or a hug can be small.
But a hug shared with you,
is the best hug of all.

Other titles by Katie Budge

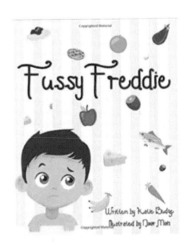

Printed in Great Britain
by Amazon